JONATHAN SWIFT

SA VIE ET SES ŒUVRES.

Orléans. — Imp. Colas-Gardin.

JONATHAN SWIFT

SA VIE ET SES OEUVRES

PAR

M. PREVOST-PARADOL.

PARIS
A. DURAND, 7, RUE DES GRÈS SORBONNE
PRÈS LE PANTHÉON.

1856

PRÉFACE.

Ce court *Essai sur la vie et les œuvres de Jonathan Swift* a été traduit du français en latin pour répondre aux exigences du doctorat ès-lettres. J'ai évité de le répandre sous cette forme, me défiant d'une traduction incomplète et imparfaite, et craignant de demander aux personnes qui veulent bien s'occuper de mes écrits un jugement prématuré. Mais, peu de temps après, j'ai lu cet essai, sous sa première forme, à l'Académie des sciences morales et politiques; il y fut écouté avec une attention bienveillante qui m'encourage et dont je m'honore.

Je me suis servi, pour ce travail, d'une édition récente des œuvres de Swift, publiée à Londres en deux volumes grand in-8º, à 2 colonnes, et précédée d'une notice de Thomas Roscoe. J'ai consulté avec fruit l'ouvrage si connu de Walter-Scott sur Swift, l'essai historique de Craufurd, un excellent article de la revue d'Edimbourg de septembre 1816, et la belle étude de M. Macaulay sur William Temple.

Si je ne cite aucun des écrits plus récents qui ont pu paraître sur Swift, c'est que je n'ai trouvé dans ceux que j'ai pu lire que la collection habituelle de ces anecdoctes, que d'innombrables notices sur Swift ont déjà répandues dans le public, et parmi lesquelles j'avais déjà choisi le petit nombre de celles qui me semblent nécessaires pour la parfaite intelligence du caractère de ce grand écrivain ; et celles-là, Craufurd, Walter-Scott, et les œuvres mêmes de Swift me les avaient fournies. C'est plutôt par des jugements et par des pensées, par mes idées et par leur forme qu'en ce travail, comme partout, je m'efforce bien ou mal, d'être assez neuf ou assez intéressant pour mériter l'attention des quelques lecteurs dont l'approbation m'est chère. Je ne fais donc nulle difficulté de dire que je dois aux biographes de Swift ou à son propre témoignage les événements de sa vie, mais je sais que je ne dois qu'à moi-même l'étude de son caractère, l'appréciation de ses œuvres et les sentiments qu'elles m'ont inspirés.

Ces sentiments sont très-anciens et de beaucoup antérieurs à l'occasion qui me les a fait éclaircir et développer. Le hasard m'a mis entre les mains, à l'âge où les contes de fées nous amusent, une édition complète de *Gulliver*, animée par un crayon spirituel. Je ne puis peindre, quoique je les sente encore, les ravissements que me fit éprouver ce simple et grand conteur d'aventures extraordinaires. Mais déjà, j'ose le dire, l'objet de Swift était rempli ; il avait exercé sur mon imagination enfantine l'influence qu'il voulait produire sur celle des hommes; le miel dont il avait entouré sa coupe me l'avait fait vider tout entière. Je goûtais moins l'extrême petitesse d'un peuple, la taille gigantesque d'un autre, l'île volante et les chevaux raisonnables, que ce tableau si vif de l'ingratitude et de la légèreté lilliputiennes, du calme mépris des géants pour nos misères, des vaines recherches où s'égaraient les sages de Laputa et de l'horrible dégradation où rampait chez les Houyhnhnms l'humanité dégénérée. Je ne rendrai jamais qu'imparfaitement l'impression que firent sur moi les amères beautés de cet ouvrage; elle n'a pas vieilli, mais elle s'est depuis confondue avec tant d'impressions diverses, qu'il me faut un effort pour la ressaisir avec ses premiers charmes et sa vigueur première.

Lorsque plus tard l'étude de la littérature de nos voisins me rapprocha du libre et puissant génie qui avait si fortement ému mon enfance, bien que l'ouvrage qui me l'avait révélé, fût le moins imparfait de ses écrits, rien de ce qui lui était échappé pendant une vie de luttes politiques et religieuses, ne diminua la grande idée que je m'étais faite de son art et de ses passions.

Cette idée je ne la trouvai nulle part exprimée comme je l'aurais voulu ; je remarquai parmi ses juges plus d'admiration, ou plus de haine, ou plus de pitié que de véritable justice. Il me parut imparfaitement compris, et je ne parle pas ici des parties obscures de sa vie malheureuse, mais de ce qui en est incontesté, et surtout de son âme encore toute vivante dans des œuvres impérissables. Je cherchai donc, à mon tour, à l'aide des données communes, et sans inventer ce que je ne pouvais découvrir, à retracer en quelques pages cette existence dont une ambition constamment déçue fait l'unité, à exposer et à étudier ces œuvres dont l'épanchement d'un cœur blessé fait la principale grandeur, et je soumets maintenant cet essai, avec une juste défiance, à ce petit nombre de personnes qui me récompensent amplement de mon travail en voulant bien me juger.

P.-P.

Aix, janvier 1856.

EXTRAIT DU COMPTE-RENDU
De l'Académie des Sciences morales et politiques,
RÉDIGÉ PAR M. CHARLES VERGÉ,
Sous la direction de M. le Secrétaire perpétuel de l'Académie.

JONATHAN SWIFT,

SA VIE ET SES OEUVRES.

La révolution de 1688, consécration du gouvernement constitutionnel en Angleterre, eut longtemps dans le pays et en Europe des adversaires redoutables, dont l'avénement de la maison de Hanovre put seul détruire les dernières espérances. Le respect de la nation pour la loi avait soutenu Jacques II trois années malgré lui-même, et l'Angleterre, poussée à bout, l'avait moins renversé qu'elle ne l'avait laissé tomber. Aussi, les partisans de cette maison malheureuse virent-ils avec joie succéder à Guillaume une reine qui pouvait, en laissant la couronne à son frère, accomplir pacifiquement une restauration nouvelle, qu'on s'engageait à rendre sage et qu'on espérait rendre durable. D'un autre côté, l'avénement de la reine Anne, à l'exclusion du prétendant, paraissait à la ferme sagesse des Whigs la conséquence légitime de la révolution et une garantie suffisante des libertés publiques. Les Tories enfin espéraient beaucoup d'une princesse amie déclarée de l'église établie, et plus favorable au maintien de la prérogative royale qu'au développement du gouvernement parlementaire. C'est aux destinées de ce parti qui, maître des dernières années de la reine Anne, se jetant entre l'Europe et la France, permit à Louis XIV de mourir en paix, et qui, se laissant entraîner du côté où il penchait, faillit rappeler les Stuarts, c'est aux luttes ardentes de ce parti contre les défenseurs de la liberté religieuse et contre les promoteurs ambitieux de la liberté politique qu'est demeuré attaché le grand nom de Jonathan Swift.

Des commencements difficiles, une fin cruelle, des espérances renaissantes et toujours trompées, une ambition sans scrupule et en même temps sans prudence, le funeste privilége d'inspirer des passions profondes et de ne les point ressentir, de connaître et de peindre, avec une force incomparable, les misères de la nature humaine, et de pouvoir être cité soi-même comme un vivant exemple de la vérité de ces peintures, telle fut en ce monde la destinée de Swift qui s'y résigna d'autant moins qu'il la comprit davantage, et qui prit l'amère habitude de relire, chaque fois que l'année ramenait le jour de sa naissance, le chapitre de l'écriture où Job déplore la sienne et maudit cette nuit fatale où l'on annonça dans la maison de son père qu'un enfant mâle était né.

Bien qu'on ait longtemps montré à Dublin la maison où naquit Swift, bien qu'il ait passé la plus grande partie de sa vie en Irlande et y soit devenu populaire, Swift n'avait rien d'Irlandais, ni dans le sang, ni dans le caractère. Son grand-père, vicaire de l'Église anglicane, dans le comté d'Hereford et tout dévoué à la cause royale pendant les guerres civiles, avait eu quatorze enfants. L'aîné de ses dix fils, Godwin, nommé procureur-général en Irlande, y avait attiré quatre de ses frères. L'un d'eux, Jonathan, s'était marié dans le comté de Leicester. Il amena sa femme à Dublin, et après deux ans de mariage, y mourut au mois d'avril de l'année 1667. Le 30 novembre de la même année, sa veuve, déjà mère d'une fille, mit au monde Jonathan Swift.

Godwin, qui consumait ses ressources et sa vie en vaines entreprises, et qui expiait par une gène continuelle un désir immodéré de faire fortune, ne secourut qu'imparfaitement sa belle-sœur et son neveu. Lorsque après avoir passé huit ans dans une petite école, Swift entra à quatorze ans dans l'université de Dublin, il sentait déjà vivement la différence que mettaient entre lui et la plupart de ses camarades la pauvreté et l'abandon. Il ne parla jamais qu'avec ressentiment de ces longues années de collége et des épreuves qu'y subit son orgueil. Rien ne relevait sa situation parmi ses condisciples, et les succès classiques qui l'eussent rendue meilleure et plus douce, lui firent complètement défaut. Il prit en haine les exercices du collége et particulièrement ceux auxquels ses maîtres attachaient le plus d'importance. Il garda contre la logique et surtout contre les commentateurs d'Aristote, une rancune qui a laissé dans ses écrits des traces nombreuses et impérissables. Dans l'Ile des sorciers, Gulliver obtient de son hôte l'évocation et l'entretien des morts les plus illustres : « Je demandai, dit-il, que l'on fît apparaître Homère et Aristote à la tête de tous leurs commentateurs; mais ceux-ci étaient si nombreux qu'il y en eut plusieurs centaines qui furent obligés d'attendre dans les antichambres et dans les cours du palais. Au premier coup d'œil, je distinguai ces deux grands hommes, non seulement de la foule, mais l'un de l'autre. Homère était plus grand et de meilleure mine qu'Aristote ; il se tenait très-droit pour son âge, et ses yeux étaient les plus vifs et les plus perçants que j'eusse jamais vus. Aristote se courbait beaucoup et s'appuyait sur un bâton. Son visage était maigre, ses cheveux lisses et rares, sa voix creuse. Je m'aperçus bientôt qu'ils étaient l'un et l'autre parfaitement étrangers au reste de la compagnie, et n'en avaient jamais entendu parler. Un spectre, que je ne nommerai pas, me dit à l'oreille que ces commentateurs se tenaient toujours le plus loin qu'ils pouvaient de leurs auteurs dans le monde souterrain, parce qu'ils se sentaient honteux et coupables d'avoir si indignement défiguré la pensée de ces grands écrivains aux yeux de la posérité. Je présentai à Homère Didyme et Eusthathius, et je l'induisis à les traiter mieux qu'ils ne le méritaient peut-être, car il reconnut bientôt qu'ils manquaient du génie nécessaire pour pénétrer un poète. Mais Aristote perdit patience quand je lui rendis compte des travaux de Scot et de Ramus, en lui présentant ces deux savants, et il leur demanda si tout le reste de leur espèce était composé d'aussi grands sots qu'eux-mêmes. »

Après avoir échoué une première fois à son examen *Bachelor-of-arts*, l'indocile écolier fut reçu le 18 février 1686, avec cette mention *speciali gratia*. Pendant toute la durée de son séjour à l'Université, il fut en état de révolte contre la discipline, et fut frappé sans cesse de punitions dont ses adversaires et ses défenseurs discutent trop gravement le nombre et l'importance. Il passa encore trois années au collége, de plus en plus inquiet de l'avenir, à mesure qu'il approchait du monde, appauvri, s'il était possible, par la mort de son oncle Godwin, secouru de meilleur cœur, mais avec aussi peu d'efficacité par son oncle William. En 1688, il quitta le collége et l'Irlande, et vint à Leicester où le spectacle de la pauvreté de sa mère aigrit encore sa tristesse. Elle se souvint enfin, heureusement pour son fils, que le célèbre sir William Temple avait épousé une de ses parentes; elle engagea Swift à tenter de ce côté la fortune. Il s'y décida et parut bientôt devant le spirituel vieillard qui, abrité à Sheen, laissait s'accomplir et se consolider la révolution de 1688.

Temple avait traversé les pires années de la restauration, toujours prudent et toujours heureux, habile et intègre négociateur à l'étranger, dans son pays amateur discret du bien public, gardien vigilant de sa réputation et de sa fortune, et paraissant dédaigner un pouvoir dont il redoutait l'exercice. Il n'avait jamais résisté ni aux passions royales, ni aux passions populaires, mais il ne leur avait jamais servi d'instrument. Peu enclin à remonter le courant ou à le suivre, il se tenait volontiers sur la rive. Les trahisons d'autrui donnaient à son habile indécision un air de persévérance, et l'immoralité publique élevait au-dessus de son prix son inactive vertu. Mais l'art suprême de Temple était de paraître agir et de sembler nécessaire. Il lassa le roi Charles, en refusant plusieurs fois le ministère, sans cependant l'irriter; et lorqu'en 1679, le roi voulut lui imposer ce fardeau, il céda, mais en faisant échouer son élection au parlement, il sut rendre impossible cette embarrassante élévation. Pendant les brûlants débats de l'Acte d'Exclusion, qui devait fermer au duc d'York le chemin de la couronne, il était membre de la chambre des communes, mais il se garda d'y paraître, et laissa le monde et ses amis aussi peu éclairés que la chambre sur son opinion. L'avénement de Guillaume, qu'il avait connu en Hollande pendant les négociations de la paix de Nimègue, le réjouit sans le décider à prendre part au gouvernement. Il offrit volontiers au nouveau souverain ses conseils et son espérance, mais Guillaume dut les venir chercher dans ce délicieux séjour de Moor-Park, où Temple vieillissant s'abandonnait aux lettres et goûtait la politique, ne voulant se sentir ni trop loin, ni trop près de Londres.

Il accueillit Swift avec bonté, le fit son secrétaire, et n'eut pas de peine à reconnaître sous cette éducation incomplète une vive et forte intelligence. Des lectures nombreuses, le commerce habituel de cet homme supérieur, donnèrent à l'esprit de Swift, avec l'instruction qui lui manquait, une étendue et une solidité qui le distinguèrent plus tard des hommes de lettres engagés comme lui dans la politique sans y avoir été introduits, comme lui, par la main expérimentée d'un homme d'État. Mais en revanche, rien n'était moins propre à fermer les blessures, qu'avaient laissées dans l'âme de Swift les épreuves de sa jeunesse, que le scepticisme de Temple, que sa prudence intéressée, que cette mauvaise opinion des hommes, qu'on rapportait inévitablement de la vie publique sous les deux derniers des Stuarts.

Swift souffrait, en outre, de sa dépendance, et d'autant plus vivement que son ambition s'éveillait avec son esprit, et que sa nouvelle connaissance du monde lui donnait le désir d'y briller. Les apparentes bontés du roi Guillaume, qui causait familièrement avec le secrétaire de sir Temple, semblaient lui assurer la protection royale. Cependant lorsque, après être allé, en 1692, se faire recevoir à Oxford docteur (1), il revint à Moor-Park, plein d'espérance, il trouva sir Temple beaucoup plus disposé

(1) Master of arts.

à le garder près de lui, et à user de ses services, qu'à seconder ses projets d'élévation. Deux ans plus tard, n'obtenant de lui d'autre promesse que celle d'un emploi fort modeste dans l'administration de l'Irlande, il prit le parti de le quitter et d'entrer dans l'Église. Il reçut les ordres à Dublin au mois d'octobre 1694, et au mois de janvier 1695, fut nommé à la prébende de Kilroot dans le diocèse de Connor. Swift ne put supporter plus d'une année la médiocrité de cette vie, et surtout cet isolement complet de son intelligence, qui lui fit toujours considérer l'Irlande comme une terre d'exil. D'ailleurs, il manquait à sir Temple autant que sir Temple lui manquait, et leur réconciliation fut facile. C'est à Moor-Park, en 1696, qu'il résigna son bénéfice de Kilroot, et non pas à Kilroot même, ni en faveur d'un père de famille, âgé et pauvre, comme on l'a souvent répété. Ce fut l'ennui et non la bienfaisance qui le ramena en Angleterre, et loin de sacrifier Kilroot, il s'en débarrassa. Il ne quitta plus Temple, qui mourut le 27 janvier 1699, laissant à Swift le soin de publier une édition complète de ses œuvres. Swift publia l'édition, la dédia au roi, ne reçut aucune réponse de Guillaume, et se décida à lui adresser un mémoire dont il attendit inutilement l'effet. Oublié du roi, sans ressources, il accepta la place de secrétaire et d'aumônier de lord Berkeley, nommé à de hautes fonctions en Irlande. Après de nouvelles déceptions et quelques démêlés avec ce nouveau maître, il obtint par son entremise le bénéfice de Laracor, dans le diocèse de Meath. En 1700, il s'y établit et jouit pour la première fois d'une certaine aisance et de la liberté.

Ce fut alors qu'il attira près de lui Esther Johnson, l'infortunée Stella. La fille de l'intendant de sir Temple n'avait que quatorze ans lorsque Swift l'associa aux leçons qu'il donnait à la nièce du chevalier. Il s'attacha bientôt à la charmante élève dont il voyait croître l'intelligence et la beauté, et qui témoignait de jour en jour plus d'affection à son maître. Elle se laissait aller à l'aimer ; il le vit, il le souffrit, il la paya de retour, et alors s'établit entre eux cette intimité douloureuse qui ternit la renommée de Swift et qui est le mystère de sa vie. Les épreuves de Stella ne commencèrent pas le jour où elle se vit trahie pour une autre femme ; elle souffrit dans son honneur, bien avant de souffrir dans son amour. Voisine de Swift en Irlande, habitant sa maison pendant les voyages qu'il faisait chaque année en Angleterre, elle le voyait sans cesse, mais toujours en présence d'une Madame Dingley, qui ne servait qu'imparfaitement à couvrir ce que cette situation avait de défavorable aux yeux du public. Pourquoi Swift n'épousait-il pas Stella ? Il ne pouvait dès lors alléguer sa pauvreté, comme il l'avait fait naguère, en repoussant le consentement de miss Jane Waryng, après l'avoir sollicité. Bientôt après, son revenu s'accrut encore ; il refusa toujours à Stella cette grâce, ou plutôt cette justice. Lorsqu'en 1716, la voyant s'éteindre dans sa douleur, il eut consenti à un mariage secret, ce secret devint une torture pour Stella, et il refusa de le rompre. Il est vrai qu'il avait alors en Irlande un autre amour, et qu'il pouvait désirer que les deux rivales continuassent de s'ignorer, mais lorsque cet obstacle eut disparu, lorsque cette autre femme elle-même eut succombé, abreuvée de jalousie, de honte et de douleur, pourquoi refusa-t-il d'avouer la suppliante Stella pour sa femme ? Pourquoi de 1722 à 1728, laissa-t-il six cruelles années s'écouler, et conduire pas à pas Stella vers la mort ? Pourquoi accrut-il par d'absurdes refus l'horreur de son agonie, et la laissa-t-il mourir désespérée, hors de la maison où elle avait le droit d'habiter, où elle lui demandait la grâce de mourir ? La conduite de Swift avec Vanessa ne sera ni loyale, ni humaine, mais elle peut s'expliquer par les mauvais sentiments du cœur humain ; Stella fut victime d'une obstination cruelle et déraisonnable que rien n'explique, et que la folie peut à peine excuser.

Mais au temps même où elle fut le plus aimée, Stella n'occupait dans l'âme de Swift que la seconde place ; l'ambition était sa passion dominante, elle fut la plus durable et décida de sa destinée. C'est elle qui d'abord échauffa son génie, et en fit sortir des œuvres admirables ; c'est elle qui plus tard, rebutée et désespérée, assombrit son intelligence et détruisit sa raison. La pauvreté et l'obscurité lui étaient insupportables, et il se sentait la force aussi bien que le désir d'en sortir. Au sommet de la hiérarchie dans laquelle il était entré, brillaient comme le prix du talent et de l'activité, aussi bien que comme le privilége de la naissance, l'épiscopat et la Chambre des lords. La politique était le grand chemin de ces honneurs et de cette puissance ; on n'y arrivait que par la main de l'un des deux partis, qui influaient tour à tour sur les destinées de la nation, et sur la fortune des ambitieux. Swift pouvait choisir entre eux et, après avoir choisi, l'indulgence du siècle et sa propre conscience ne lui interdisaient pas de changer. Et comme les institutions libres ont ce beau privilége, que l'art de persuader en est l'âme et que, même corrompues, elles ne peuvent se passer du talent, son amitié et sa haine ne pouvaient être indifférentes à personne et, dans cette arène où luttaient les plus heureux génies de l'Angleterre, la nature l'avait jeté tout armé. Mais elle avait d'avance limité sa fortune, par l'excès même de sa force. Cette ironie puissante qui, une fois déchaînée, n'était plus maîtresse d'elle-même

2

et ne laissait rien sans blessure, entrava l'ambition qu'elle devait servir. Prudent par calcul, imprudent par tempérament, téméraire par génie, Swift ne put jamais épargner ceux même qu'il voulait défendre. Ses coups dépassent la mesure, reviennent sur eux-mêmes, font le vide autour de lui. Il attaque les adversaires de son église par des armes, qui ne laissent subsister aucune église; il porte aux adversaires de son parti des atteintes qui intéressent le genre humain. Mais par là même il échappe à la condition passagère des luttes d'église et de parti; la postérité l'écoute encore, et ce qui fut un obstacle à sa fortune est le fondement de sa gloire.

A l'Université, et surtout pendant son séjour chez sir Temple, Swift avait beaucoup écrit, mais il avait lui-même jugé et condamné la plupart des essais de sa jeunesse. Il fut cependant plus indulgent pour ces *Odes*, qui firent dire à Dryden : « Swift, vous ne serez jamais un poète. » Il se sentit la même indulgence, mais cette fois plus justifiée, pour la *Bataille des Livres* (1) et pour l'esquisse de ce *Conte du Tonneau* (2) qui devait éclater quelques années plus tard et tenir une si grande place dans sa vie. Sir Temple s'était jeté, avec une témérité qui ne lui était pas ordinaire, dans cette vaine polémique sur le mérite comparé des anciens et des modernes, qui avait traversé la France et qui occupait en Angleterre des esprits distingués. « Homme de lettres parmi les gens du monde, homme du monde parmi les gens de lettres (3) », Temple s'était prononcé pour les anciens et appuyait leur incontestable

(1) The battle of the books.

(2) A tale of a tub.

(3) A man of world among men of letters, a man of letters among men of world. — Macaulay.

supériorité sur les *Lettres de Phalaris*. Wootton et Bentley s'égayèrent aux dépens de l'homme d'État qui, fort embarrassé de leur répondre, déclara qu'il ne se commettrait pas davantage avec la grossièreté des érudits. *La Bataille des Livres* ne réparait pas l'erreur de sir Temple, mais elle payait avec usure les incivilités des adversaires. Déjà Swift s'abandonne à son génie pour l'invective; il revêt la satire d'une allégorie qui n'ôte rien à sa violence. Il cherche les comparaisons familières et ne répugne nullement aux images avilissantes. Dès le début, attribuant à l'antagonisme de l'abondance et de la pauvreté toutes les dissensions humaines, il fait remarquer que la république des chiens vit en paix jusqu'à ce qu'un os ou une chienne y suscite les rivalités et la discorde.

Ce fut dans des luttes plus sérieuses que Swift acquit sa première renommée en donnant des gages au parti qu'il devait abandonner plus tard. Au commencement de cette année, 1701, qui fut la dernière et la plus agitée du règne de Guillaume, Swift vint à Londres et y trouva tous les esprits émus. Les ministres whigs, Halifax, Orford, Somers, et l'ami de Guillaume, Bentinck, comte de Portland, venaient d'être mis en accusation par la Chambre des Communes, pour avoir signé le traité de partage de la monarchie Espagnole, que le testament de Charles II venait de donner tout entière à la France. Les accusés devaient être sauvés par l'inquiète jalousie qu'inspiraient à la Chambre des lords les envahissements de la Chambre des Communes et par le mouvement de l'opinion publique, plus disposée à seconder Guillaume contre la politique ambitieuse de la France qu'à poursuivre ses amis. *Le discours sur les dissensions d'Athènes et de Rome* (1), où

(1) A discourse of the contests and dissensions in Athens and Rome.

Swift défendait sous les noms de Miltiades, d'Aristide, de Thémistocle, de Phocion, les illustres accusés, et instruisait le Parlement, par l'exemple des républiques antiques, du péril que fait courir aux États la rupture de l'équilibre entre les pouvoirs publics et l'aveugle acharnement des factions, s'accordait avec le sentiment général aussi bien qu'avec les intérêts du parti Whig. L'antiquité est bien comprise dans cette étude, qui abonde en vives et en fortes images. Attribuant quelque part à l'altération de l'équilibre entre les patriciens et les plébéiens la chute de la république romaine, Swift s'écrie : « Ce n'est pas l'ambition des particuliers qui causa cette grande lutte ; les guerres civiles donnent en effet plus de prise et plus de feu à l'ambition particulière, qui devient l'instrument destiné à trancher ces grandes querelles et qui est assurée de recueillir le butin. Mais un homme sensé, qui voit des bandes de vautours planer sur deux armées près d'en venir aux mains, ne fait pas retomber sur eux le sang versé dans la bataille, bien que les cadavres soient leur partage. » Sans cette altération des principes de la constitution, ajoute Swift : « Un misérable comme Antoine, un enfant comme Octave, auraient-ils osé rêver qu'ils donneraient des lois à un tel empire et à un tel peuple ! » Considérant l'état de son pays, il en marque le danger dans les accroissements du pouvoir de la Chambre des Communes ; il la requiert de se limiter, elle aussi, par une *Magna Charta* comme dut le faire la royauté, lorsque l'équilibre des pouvoirs commença de s'établir. S'élevant enfin contre la discipline des partis, si contraire à la liberté de la raison, il engage les membres du Parlement dissous à s'en affranchir et à regagner la faveur de leurs commettants, irrités au plus haut point contre la Chambre, inquiets de ses empiétements, et indignés de voir un roi, qui a rendu de si grands services au pays, despotiquement opprimé par les infidèles représentants de la nation.

Le succès de cet écrit, attribué au célèbre Burnet puis aux écrivains les plus distingués du parti Whig, et avoué par Swift, quand il crut pouvoir le faire avec honneur et sécurité, introduisit l'auteur dans la société d'Addison de Steele, d'Arbuthnot, de Pope et des hommes d'Etat qu'il avait défendus. La mort de Guillaume et l'avénement d'Anne Stuart, en 1702, concoururent avec le mouvement de l'opinion à favoriser le succès des Whigs. Fille de Jacques II, fidèle à l'Église établie, qui redoutait les Whigs, Anne eût incliné vers les Tories, si l'influence de lady Malborough sur son esprit, et si la fermeté du duc, qui ne voulait pas commander l'armée, à moins que Godolphin ne fût grand-trésorier, n'eussent imposé à la reine le choix d'une partie de ses ministres. Cette administration mélangée ne pouvait être défavorable à Swift, qui se déclarait Whig en politique et Tory en affaires religieuses; qui, d'une part, se disait dévoué à la succession protestante et aux libertés nationales, et qui, de l'autre, défendait les intérêts de la Haute-Église (1) contre la Basse-Église (2), alliée des Whigs et contre les Dissidents (3). Swift pouvait ainsi parvenir à l'épiscopat par ses relations politiques avec les Whigs, et par les sympathies particulières que son dévouement à la Haute-Église devait lui ménager du côté de la reine et des évêques. Mais il avait compté sans son génie emporté, sans son aveuglement sur lui-même. En 1704, il publia, en faveur de la Haute-Église contre les Dissidents, le *Conte du Tonneau*.

(1) High-Church.

(2) Low-Church.

(3) Dissenters.

« Il était une fois, dit-il, un homme qui avait eu trois jumeaux de sa femme, et la sage-femme elle-même eût été embarrassée de désigner l'aîné. Leur père mourut qu'ils étaient jeunes encore, et les assemblant autour de son lit de mort, il leur dit : Mes fils, je n'ai acquis aucune propriété et je n'ai hérité d'aucune ; j'ai longtemps pensé à vous laisser quelque bon héritage, et enfin avec beaucoup de soins et de dépense, j'ai acquis pour chacun de vous un habit neuf ; les voici. Sachez que ces habits ont en eux deux vertus particulières. Si vous les portez comme il faut, ils seront solides et neufs toute votre vie ; de plus ils croîtront en même temps que votre corps de manière à vous aller toujours bien. Voyons, que je vous les voie mettre avant de mourir. Voilà qui est bien ; enfants, gardez-les propres et brossez-les souvent. Vous trouverez dans mon testament que voici des instructions complètes et particulières sur la façon de porter et de conserver votre habit ; suivez-les exactement afin d'éviter les châtiments que j'ai attachés aux moindres transgressions et négligences. Votre fortune à venir en dépend. Je vous ai aussi ordonné, dans mon testament, de vivre ensemble dans la même maison, en frères et en amis, seul moyen de prospérer. »

Qui ignore l'immortel récit des aventures de ces trois frères ; comment devenus amoureux de la duchesse d'Argent (1), de madame de Grands-Titres et de la comtesse d'Orgueil, ils se virent obligés de suivre les modes et se trouvèrent déchirés entre les humiliations du monde et l'immuable testament de leur père. Les voici réunis autour de ce testament et le relisant en vain pour y trouver

(1) The Duchess d'Argent, madame de Grands-titres, and the countess d'Orgueil.

la permission de porter ces *nœuds-d'épaule* (1), sans lesquels ils ne peuvent plus décemment paraître dans le monde.

« Après y avoir beaucoup pensé, dit Swift, un des frères, se trouvant plus lettré que les autres, dit qu'il avait trouvé un moyen. Il est vrai qu'il n'y a rien dans ce testament qui fasse mention de nœuds-d'épaule *totidem verbis* ; mais j'ose conjecturer que nous les y trouverons contenus *totidem syllabis*. Tous approuvèrent la distinction, et les voilà de nouveau à l'ouvrage. Mais leur mauvaise étoile fit que la première syllabe ne pût être rencontrée dans tout le testament. Sur cette déception, celui qui avait trouvé le premier échappatoire, reprit cœur et dit : Mes frères, il y a encore de l'espoir, nous ne pouvons trouver ces nœuds-d'épaule ni *totidem verbis* ni *totidem syllabis*, mais j'ose affirmer que nous les trouverons *tertio modo* ou *totidem litteris*. La découverte fut fort applaudie et la recherche commença. Ils eurent bientôt trié S, H, O, U, L, D, E, R. quand la même planète ennemie de leur repos fit ce miracle qu'un K fût introuvable. C'était une difficulté de poids ; mais le frère à distinctions, que nous nommerons plus tard, maintenant qu'il avait mis la main à l'ouvrage, prouva par un argument péremptoire que K était une lettre récente, illégitime, inconnue aux âges savants et ignorée dans les anciens manuscrits. Il est vrai, dit-il, que le mot calendes a été quelquefois écrit Q. V. C. (2) par un K, mais c'est une faute, car dans les meilleurs exemplaires ce mot est toujours écrit par un C. En conséquence, c'est une erreur grossière que d'écrire dans notre langue *Knot*, par un K, et dorénavant on prendra soin de l'écrire par un C. Ainsi toutes les

(1) Shoulder-Knots.

(2) Quibusdam veteribus codicibus.

difficultés s'évanouirent, les nœuds-d'épaule furent prouvés d'institution paternelle, *jure paterno*, et nos trois jeunes gens s'étalèrent avec les nœuds-d'épaule, les plus grands et les plus pimpants du monde. »

A partir de ce jour, l'interprétation fleurit et fit des progrès parmi les trois frères. Les galons d'or devenus à la mode et touchant au fond même de l'habit (1) leur semblèrent exiger un précepte positif : « Mes frères, dit encore le lettré, sachez que les testaments sont de deux sortes : traditionnels et écrits ; que dans le testament écrit qui est là devant nous, il n'y ait ni précepte, ni mention au sujet de ce galon d'or, *conceditur* ; mais si *idem affirmetur de nuncupatorio*, *negatur*. Car, mes frères, ne vous souvenez-vous pas d'avoir entendu comme moi, quand nous étions enfants, quelqu'un dire qu'il avait entendu le domestique de mon père dire que mon père donnerait volontiers le conseil à ses enfants de porter des galons d'or, aussitôt qu'ils auraient de l'argent pour en acheter? Par Dieu, cela est vrai, crie l'autre ; je m'en souviens parfaitement bien, dit le troisième. Et sans balancer davantage, ils achetèrent les plus larges galons d'or de la paroisse et se promenèrent beaux comme des seigneurs. »

Le testament fut soumis à d'autres épreuves ; il fut allongé d'un codicille qui autorisait une doublure en satin couleur de flamme. Mais le jour vint enfin où les trois frères trouvèrent dans le testament autre chose qu'une lacune sur les embellissements imposés par la mode. « L'hiver suivant, dit Swift, un comédien payé par la corporation des passementiers, parut dans une pièce nouvelle couvert de franges d'argent, et selon une louable coutume, il les mit par là même à la mode. Là-dessus,

(3) Aliquo modo essentiæ adhærere.

les frères consultant le testament paternel trouvèrent à leur grand étonnement ces paroles : *Item* j'enjoins et ordonne à mesdits trois fils de ne porter aucune espèce de frange d'argent sur ou autour de leurs habits.... Suivait une pénalité en cas d'infraction, trop longue pour l'insérer ici. Cependant après une pause, le frère, souvent mentionné pour son érudition, et très-versé dans la critique, déclara qu'il avait trouvé dans un certain auteur, qu'il ne nommerait pas, que le mot de *frange* écrit dans le testament, signifiait aussi un manche à balai (1); et que sans aucun doute c'était le sens de ce mot dans ce paragraphe. Un des frères ne goûta pas cela, à cause de cette épithète *d'argent* qui, selon lui, il le hasardait humblement, ne pouvait être appliquée avec propriété dans les termes et d'une façon raisonnable, à un manche à balai. On lui répliqua que cette épithète devait se prendre daus un sens métaphorique et allégorique. Il fit encore cette objection : Pourquoi leur père aurait-il défendu de porter un manche à balai sur leurs habits, prescription peu naturelle et peu convenable ; sur quoi il fut arrêté court comme parlant avec irrévérence d'un mystère qui sans aucun doute était très-utile et plein de sens, mais qui ne devait pas être pénétré trop curieusement ni soumis à un raisonnement rigoureux. »... « Quelque temps après, fut ressuscitée une vieille mode, depuis longtemps éteinte, de porter des broderies représentant des figures indiennes d'hommes, de femmes et d'enfants. Ils ne se rappelaient que trop, cette fois, combien leur père avait toujours abhorré cette mode; et comment dans plusieurs paragraphes de son testament il avait tout exprès menacé ses fils de son aversion extraordinaire et de sa malédiction éternelle s'ils venaient jamais

(1) A broomstick.

à porter ces broderies.... Mais ils résolurent ces difficultés en disant que ces figures n'étaient pas du tout les mêmes que celles qu'on portait autrefois et dont il était question dans le testament. En outre, ils ne les portaient pas dans le sens interdit par leur père, etc., etc..... Mais les modes s'altérant sans cesse à cette époque, le frère scolastique devint las de chercher des échappatoires et de résoudre des contradictions renaissantes. Décidés à suivre, à tout hasard, les modes du monde, ils s'accordèrent unanimement à enfermer le testament de leur père dans une cassette solide, achetée en Grèce ou en Italie, et à ne plus se donner la peine de le consulter, mais à en appeler à son autorité toutes les fois qu'ils le jugeraient à propos..... »

Nous ne suivrons pas Swift dans l'histoire du frère lettré, qui se fit appeler Mgr Pierre, de son ascendant croissant sur les deux autres Jacques et Martin, de ses inventions ingénieuses, et de la despotique infatuation qui amène une rupture définitive entre lui et ses deux frères. « Il avait, dit Swift, une abominable facilité à dire de gros mensonges palpables, et non-seulement il jurait qu'ils étaient vrais, mais il envoyait toute la compagnie au diable si on faisait les moindres façons pour le croire. » L'histoire de Martin et de Jacques, en inimitié déclarée avec leur frère et bientôt en discorde entre eux-mêmes, est revêtue d'une allégorie aussi ingénieuse et animée de la même vie. Martin réforme son habit avec toute la sagesse de l'Église anglicane, enlevant point par point les embellissements successifs de la mode et en laissant même subsister quelques-uns, plutôt que de courir le risque de déchirer l'habit pour le ramener à la pureté primitive. Jacques, au contraire, pressé surtout de ne pas ressembler à Pierre, arrache les broderies et met en même temps l'habit en lambeaux, se frotte contre les murs pour effacer les dernières traces de ces odieux ornements et, intérieurement honteux de la destruction de son habit, maudit la modération de Martin. Mais il sent avec désespoir que plus il déchire ses habits plus il ressemble à Pierre, « car de loin, dit Swift, dans l'obscurité, ou pour les personnes qui ont la vue basse, rien de plus semblable à des parures que des haillons. » L'intempérante exaltation de Jacques, ses longues prières, sa brutalité, sa recherche affectée de la persécution, l'abus qu'il fait du testament de son père, sans cesse appliqué aux plus vils usages et employé comme une panacée universelle, enfin son alliance désespérée avec Pierre contre Martin, donnent au type des Dissidents une vie et une réalité admirables. Mais en revanche, l'histoire de Martin, devenu le type de l'Église anglicane, élevé par Harry Huff, affermi par Bess, mis en danger par les gens venus du Nord, asservi un instant par Jacques, relevé par des amis secrets de Pierre, bientôt menacé par eux et appelant contre eux des étrangers, redevenu enfin le maître et ne rêvant plus que la destruction de Jacques, compensait, par sa vigueur railleuse, le plaisir que pouvait donner aux amis de l'Église anglicane la peinture satirique des égarements de leurs adversaires.

L'apparition de cet ouvrage et son prodigieux succès eurent sur la vie de Swift une influence décisive et irréparable. Il acquit, pour ne plus la perdre, la réputation d'infidèle (*infidel*) comme on disait alors, ou d'incrédule (*unbeliever*), et l'Église établie prit en horreur celui qui l'avait ainsi défendue. « L'auteur, écrivait le judicieux Atterbury, a raison de se cacher, car les touches profanes de cet ouvrage nuiraient plus à sa réputation et à son intérêt dans le monde que son esprit ne peut lui faire de bien. » Plus tard, Voltaire en jugea de même. C'est le *Conte du Tonneau* qui lui fit dire : « Que j'aime la hardiesse anglaise ! » Pour Swift, il ne comprit pas ou feignit de ne pas comprendre les alarmes de l'Église et n'y vit qu'un mélange d'ineptie et d'ingratitude : « Je voudrais, écrivit-il, que ce corps respectable n'eût pas donné d'autres preuves de cette inhabileté, que j'ai souvent remarquée chez lui, à distinguer ses ennemis de ses amis. » Et c'est la reine Anne qu'il a plus tard représentée dans cette reine de Lilliput, qui ne peut pardonner à Gulliver d'avoir éteint, d'une façon inconvenante, l'incendie qui menaçait son palais.

Swift, qui ne vit jamais dans la religion qu'une partie importante de la politique, était porté à oublier qu'elle était considérée par un grand nombre de personnes comme une institution divine, en dehors et au-dessus de la politique. Il la discutait comme une affaire, sans voir qu'on la respectait comme une croyance. Qu'importait aux yeux des hommes religieux de l'Église établie que Martin fût un peu moins ridicule que Pierre et que Jacques, lorsque les croyances communes de Pierre, de Jacques et de Martin étaient avilies sous les plus indignes images, lorsque leurs débats, où leur dignité commune était engagée, devenaient une comédie grossière, lorsqu'enfin le surnaturel, ce fond commun et indispensable de toutes les sectes religieuses, n'apparaissait plus dans leur histoire que sous la forme des inventions indescriptibles de Pierre et des repoussantes aberrations de Jacques. Quand l'archevêque d'York, s'opposant plus tard à l'élévation de Swift à l'épiscopat, disait à la reine Anne « que sa Majesté devrait être sûre que l'homme dont elle allait faire un évêque fût un chrétien, » il n'exprimait pas seulement l'opinion de tous les hommes religieux de l'Angleterre, mais celle que laisse à tout juge impartial la lecture de ce *Conte du Tonneau*, qui est, si l'on veut, l'œuvre d'un ami de l'Église anglicane, mais qui, à coup sûr, n'est pas l'œuvre d'un chrétien.

L'ensemble des œuvres religieuses de Swift, écrites aux époques les plus diverses de sa vie, confirme notre opinion sur le caractère exclusivement politique de son intervention constante en faveur de l'Église établie. Soit qu'il la défende contre les incrédules, affirmant son indépendance contre Tindal, parodiant amèrement le célèbre *Discours sur la liberté de penser* de Collins (1), soit qu'il maintienne, en toute occasion, le serment du Test contre les attaques des Dissidents, combattant, jusqu'aux extrémités de sa vie et de sa raison, pour les biens de l'Église, et la vengeant par le *Legion club* des attaques du Parlement d'Irlande, soit que dans son *Projet pour le progrès de la religion* (2), il engage la cour à renfermer les faveurs et les emplois dans le cercle des personnes dévouées à l'Église établie, il est toujours dirigé dans cette conduite par des considérations étrangères à la valeur intrinsèque de la religion, et sa pensée, partout reconnaissable, est particulièrement claire dans les *Sentiments d'un membre de l'Eglise anglicane* (3), et dans son Argumentation *pour prouver que l'abolition du christianisme en Angleterre aurait quelques inconvénients et moins d'avantages qu'on ne suppose* (4).

« C'est le devoir d'un membre de l'Église anglicane (5),

(1) Mr Collin's discourse of free thinking put into plain English.

(2) A project for the advancement of religion and the reformation of manners.

(3) The sentiments of a church-of-England-man with respect to religion and government.

(4) An argument to prove that the abolishing of christianity in England may, as things now stand, be attended with somes inconveniences, and perhaps not produce those many good effects proposed thereby.

(5) Ought to believe.

dit Swift, dans le premier de ces deux écrits, de croire en Dieu, en sa providence, en la religion révélée, et en la divinité du Christ. » Pour l'épiscopat, « sans déterminer s'il est ou non d'institution divine, » c'est une institution très-utile à la religion et à l'État, et le membre de l'Église « la défendrait, même par les armes, contre tous les pouvoirs de la terre, excepté contre la législature (1), aux décisions de laquelle il se soumettrait comme à une disette ou à la peste. » Il faut bien tolérer les sectes à cause de leur extension, bien que l'État doive les arrêter à leur origine ; mais quant à les admettre aux emplois publics par le rappel du Test, Swift croit réduire aisément à l'absurde les défenseurs de ce principe en leur montrant que cette admission, réclamée par les Dissidents protestants, devrait logiquement s'étendre « aux Papistes, aux Athées, aux Mahométans, aux Païens et aux Juifs. » Les Whigs compromettent leur cause en s'aliénant la Haute-Église, qui a été si ferme contre Jacques II, tandis qu'on a vu des officiers de Cromwell dans les rangs de l'armée du roi catholique. Il est très-vrai que le clergé a de la haine et du mépris pour les sectes « comme les médecins pour les empiriques, comme les hommes de loi pour les gens de chicane, comme les marchands établis pour les colporteurs, » mais c'est aussi et surtout l'intérêt de l'État qui le touche. Dans la partie politique de ce remarquable ouvrage, Swift parle en Whig éclairé, tolérant, attaché à la révolution de 1688, justifiant par d'excellentes raisons la déposition de Jacques, mais en même temps incliné vers les Tories en ce qui touche la conservation de l'Église, et

(1) Against all powers on the earth, except our own legislature.

peu éloigné de se joindre à leur parti pour la mieux défendre.

La spirituelle *Argumentation* contre l'abolition du christianisme est écrite par Swift dans ce ton d'imperturbable plaisanterie où il excelle ; mais sous cette plaisanterie même, son opinion et surtout sa méthode en matière de polémique religieuse se reconnaissent aisément. Il ne craint pas, dit-il, d'aller contre l'opinion commune, et dût-il être poursuivi par l'Attorney-général, il avouera que dans la situation extérieure et intérieure du pays, il ne voit aucune nécessité absolue d'extirper le christianisme en Angleterre. Il ne développe qu'avec ménagement un tel paradoxe ; qu'on ne croie pas surtout qu'il s'agisse de ce christianisme *réel* qui serait le renversement de la société anglaise et comme un retour à l'état de nature, mais bien de ce christianisme *nominal* qui fait partie de la société politique (1). Pourquoi rejeter le nom et le titre de chrétiens ? Discutons les avantages de cette résolution violente. Ne faut-il pas une religion *nominale* parmi nous pour exercer l'activité belliqueuse des gens d'esprit ? S'ils n'ont plus de Dieu à insulter, n'est-il pas à craindre qu'ils ne s'attaquent au gouvernement, au ministère ? Il faut un aliment à la critique. On assure, il est vrai, que le revenu d'environ 10,000 gens d'église dans le royaume, joint à celui des évêques, entretiendrait convenablement au moins 200 élégants libres penseurs (2) qui seraient l'ornement de la cour et du pays. Mais ce revenu serait insuffisant. D'ailleurs,

(1) I hope no reader imagines me so weak to stand up in the defence of real Chistianity... every candid reader will easily understand my discourse to be intended only in defence of nominal christianisty.....

(2) Gentlemen of wit and freethinking.

qui régénèrerait la race anglaise, compromise par les rejetons misérables des hommes d'esprit et de plaisir, si l'on supprimait ces 10,000 prêtres que la prudence de Henri VIII a soumis à un régime sain et léger ? On se plaint de l'observation du dimanche, mais on oublie l'utilité des églises pour les marchés, les rendez-vous d'affaires et d'amour, et surtout le sommeil. Mais, dit-on, cela ferait disparaître les partis parmi nous, on ne parlerait plus de Haute et Basse-Eglise, etc... Si l'on effaçait dans le dictionnaire, répond Swift, avec un admirable bon sens, les mots de *débauche*, *ivresse*, *vol*, serions-nous le lendemain chastes, tempérants et honnêtes, ou sains, si l'on effaçait les mots de *pierre* et de *goutte*. Otez aux Whigs et aux Tories les dénominations politiques et religieuses, et l'orgueil, l'envie, l'avarice et l'ambition en fabriqueront d'autres. L'on ne manquera jamais de mots convenus ou créés pour distinguer ceux qui sont au ministère de ceux qui veulent y arriver. Laissez la religion vous les fournir. On se plaint de ce que des prédicateurs soient payés par l'État, pour tonner un jour sur sept contre la poursuite des richesses, du plaisir et de la grandeur, qui occupe tous les hommes vivants pendant les six autres jours. Mais quel est le libre penseur que cette contradiction ne chatouille ? Les choses défendues ne semblent-elles pas plus douces ; la soie prohibée fait les délices des femmes, et le vin de contrebande celles des hommes. Augmentons les prohibitions de tout genre, pour chasser le spleen par l'attrait du défendu. Pour le peuple même, la religion n'est pas inutile ; il n'y croit pas plus que les hautes classes ; mais il s'en sert pour faire tenir les enfants tranquilles, et s'en amuse pendant les longues soirées d'hiver. Enfin on prétend que cette abolition ferait disparaître les sectes religieuses, et unirait toutes les communions protestantes. Mais est-ce bien le christianisme qui fait des fanatiques, des fondateurs de sectes, des gens avides de se singulariser? nullement. il y a dans chaque nation une portion d'enthousiasme qui a besoin de s'épancher quelque part ou de mettre tout en feu (1). C'est acheter la paix publique à bon marché que de laisser se déchirer, pour des rites religieux, des hommes qui autrement s'attaqueraient aux lois du pays. Cette peau de mouton remplie de paille qui leur est livrée sauve le troupeau. Ce que les couvents font sur le continent où ils absorbent les natures excentriques et maladives, les sectes le font chez nous, et il faudrait à leur défaut inventer autre chose. Ouvrez toute grande la porte de la croyance publique, il y aura toujours des gens qui se piqueront de rester dehors. Abolir le christianisme, c'est peut-être faire place au papisme, car le peuple livré à lui-même cherchera quelque nouveau culte, et tombera dans la superstition. Toland, cet oracle des antichrétiens, est un prêtre irlandais, fils d'un prêtre irlandais; Tindal a été catholique. Enfin, si cette abolition est utile, il vaudrait mieux la remettre à la paix, nos alliés se trouvant tous, par hasard, être chrétiens. Si nous comptons, pour les remplacer, sur l'alliance des Turcs, elle est incertaine, car non-seulement ils sont attachés à leur religion, mais croient en Dieu, ce qui est plus qu'on ne nous demande pour conserver le nom de chrétiens. Pour conclure, le commerce ne profiterait pas, comme il l'espère, de cet acte pour l'extirpation du christianisme, et six mois après le vote, la banque et les actions de la compagnie des Indes orientales baisseraient au

(1) There is a portion of enthusiasm assigned to every nation which if it has not proper objects to work on, will burst out and set all in a flame.

moins d'un pour cent. Comme cette perte est cinquante fois trop grande pour que la sagesse du siècle juge à propos de s'y exposer dans l'intérêt du salut du christianisme, il n'y a aucune raison de s'y exposer, pour la seule satisfaction de le détruire.

Enfin, parmi ses pensées sur la religion (1) et sur l'église, nous trouvons ces passages : « Attaquer les opinions fondamentales d'une religion vraie ou fausse est un acte criminel, à moins que votre dessein avoué ne soit d'abolir entièrement cette religion. Par exemple la fameuse doctrine de la divinité du Christ a été reçue universellement par toutes les communions chrétiennes, depuis la condamnation de l'Arianisme, sous Constantin et ses successeurs; les efforts des Sociniens sont donc vains et inexcusables puisqu'ils ne pourront jamais établir leurs propres croyances et ne parviendront qu'à exciter des doutes et des désordres dans le monde. L'absence de foi est un défaut qu'il faut cacher quand on ne peut le vaincre. La religion chrétienne, dans son origine, fut présentée aux Juifs et aux païens sans cet article de la divinité du Christ; ce qui autant que je me le rappelle est observé par Erasme ; il dit que c'était une nourriture trop forte pour des enfants (2). Peut-être que si les missionnaires adoucissaient encore cet article aux Chinois, ils éprouveraient moins de difficulté à les convertir, et le Coran nous démontre qu'il est la plus grande pierre d'achoppement des mahométans. Mais agiter un article de foi aussi fondamental, dans un pays où le christianisme est déjà établi, ne peut qu'avoir des conséquences pernicieuses pour la morale et la tranquilité publique. »

(1) Thoughts on religion.

(2) Too strong a meat for babes.

Il semblerait que Montesquieu eût voulu résumer toute la polémique religieuse de Swift et le fond de son argumentation ordinaire, lorsqu'il écrivit cette page, que le doyen de Saint-Patrick eût signée : « Quel peut être le motif d'attaquer la religion révélée en Angleterre. On l'y a tellement purgée de tout préjugé destructeur, qu'elle n'y peut faire de mal et qu'elle y peut faire au contraire une infinité de biens.... En Angleterre, tout homme qui attaque la religion, l'attaque sans intérêt, et quand même il aurait raison dans le fond, il ne ferait que détruire une infinité de biens pratiques pour des vérités purement spéculatives. »

Mais en parlant, en toute occasion, avec la mâle liberté de Montesquieu, Swift oubliait qu'il était membre et membre ambitieux de l'Eglise anglicane. Des échecs successifs le lui rappelèrent. Il fut impossible aux Whigs, qui désiraient se l'attacher, d'obtenir pour lui une situation lucrative et honorable. Il fut question tour à tour du sécrétariat de l'ambassade de Vienne, de l'évêché de Virginie, d'une prébende de Westminter. Tout échoua, et en 1709 Swift retourna en Irlande, aigri contre ses amis politiques et très-disposé à tenter la fortune du côté de leurs adversaires. Les mêmes déceptions l'attendaient dans ce nouveau camp, moins libre encore que le premier dans son action sur l'Église.

En 1710, Swift revint d'Irlande, chargé par les évêques de solliciter du ministère la suppression de cet impôt du 20me et des *premiers-fruits* (1), dont le clergé d'Angleterre était délivré, que celui d'Irlande supportait encore. Il trouva les Whigs dans les plus vives alarmes ; ils occupaient encore quelques positions dans le ministère, mais il

(1) The payment of twentieth parts and first-fruits.

chancelaient dans le pays. En poursuivant avec acharnement le docteur Sacheverell qui avait déploré dans un sermon l'abaissement de l'autorité royale, l'influence des Whigs et les périls de l'Eglise établie, ils avaient soulevé en Angleterre ce sentiment de résistance qu'y éveillent toujours les excès d'un parti, même le plus populaire. Les Tories étaient portés au pouvoir par la reine et par l'opinion, et Swift allait leur tendre la main, malgré les efforts de ses anciens amis. Il écrivait, dans ce précieux journal qu'il rédigeait pour Stella : « Les Whigs s'accrochent à moi comme des gens qui se noient, à une branche, et tous leurs grands hommes me font de plates excuses. Il est amusant de les voir tous confesser lamentablement qu'ils m'ont maltraité. » Swift ne songeait guère à s'associer à la défaite d'un parti qu'il avait inutilement servi dans sa puissance. La défection fut éclatante. Le 1er octobre il écrivait contre lord Godolphin, grand-trésorier, la *Baguette de Sid-Hamet*, et le 4 octobre, introduit auprès de Harley, qui était avec Saint-Jean, le chef des Tories, et qui touchait au pouvoir, il s'engagea à servir le ministère qu'il allait former et conduire. Le bâton du grand-trésorier, disait le poète, était devenu un serpent entre les mains de Sid-Hamet au rebours de la verge de Moïse ; ce bâton était attiré par les trésors cachés et par les bourses pleines ; il servait aussi à Sid-Hamet de ligne à pêcher, ligne merveilleuse qui prend le poisson et garde l'appât (1) (Swift l'avait éprouvé lui-même). Une guerre sans ménagement suivit cette rupture sans dignité. Les Tories avaient fondé contre une feuille Whig que rédigeaient l'évêque Burnet, Addison, Steele et quelques autres, l'*Examiner* rédigé par Saint-Jean, Atterbury, Prior.

(1) He caught his fish and saved his bait.

Du mois de novembre 1710 au mois de juin 1711, l'*Examiner* fut abandonné à Swift, qui y défendit énergiquement le ministère, et y déchira les Whigs avec une violence devant laquelle Addison crut devoir se retirer. Dans l'*Examiner* et dans un grand nombre de pamphlets, vendus à bon marché, Malborough, et sa célèbre avidité (1), lord Wharton et son impiété, Walpole et sa vénalité, étaient attaqués avec une ironie intempérante; les doctrines des Whigs exagérées et signalées à l'indignation publique, les maximes des Tories adoucies et revêtues d'une tolérante sagesse. Il établit plusieurs fois les différences qui séparent ces deux partis, leurs reproches mutuels : « Nous les accusons, écrit-il dans le numéro 40, de vouloir détruire l'Eglise établie, et introduire, à sa place, le fanatisme et la liberté de penser; d'être ennemis de la monarchie, de vouloir miner la présente forme du gouvernement pour élever une république ou quelque autre établissement de leur goût sur ses ruines. D'un autre côté, leurs clameurs contre nous peuvent se résumer dans ces trois mots redoutables : le papisme, le pouvoir absolu, le prétendant (2). » Eternelle tactique des partis; certes les Whigs avaient derrière eux

(1) Désignant Malborough sous le nom de Marcus Crassus, il lui écrivait : « Vous êtes le plus riche citoyen de la république; vous n'avez pas d'enfant mâle, vos filles sont toutes mariées à de riches patriciens; vous touchez au déclin de la vie, et malgré tout cela, vous êtes profondément atteint de cet odieux et ignoble défaut de l'avarice.... Je n'en citerai pour exemple que cette fameuse paire de bottes que toute l'éloquence du monde vous décida à peine à laisser couper, pour vous en délivrer, lorsque vous ne pouviez les garder mouillées et glacées comme elles l'étaient, qu'au péril de votre vie. (*Examiner* n° 28.)

(2) Popery, arbitrary power and the pretender.

les ennemis de l'église et de la monarchie ; certes aussi les Tories avaient derrière eux, et cette fois à leur tête, des amis du papisme, du pouvoir absolu et du prétendant. Mais la nation qui maintenait l'équilibre entre les deux partis, et qui leur prêtait tour à tour sa force, ne voulait ni de l'un ni de l'autre excès, et renversait à temps ceux qui prétendaient l'y conduire. Elle s'est révoltée contre la tendance républicaine du procès de Sacheverell, elle applaudira à la chute du ministère Tory, trop ami de la France, à l'exil et à la condamnation de Bolingbroke et d'Ormond, trop disposés à favoriser l'avénement du prétendant.

Une grande tâche était imposée par le ministère à ceux qui avaient entrepris de le servir, celle de préparer les esprits à la paix qu'il voulait conclure avec la France ; et un grand secret leur était caché, celui des relations des plus importants de ses membres avec le prétendant. Dans de nombreux écrits, principalement dans la *Conduite des alliés* (1), dans les *Remarques sur le traité des barrières*, Swift s'efforçait avec succès de détourner l'opinion publique d'une guerre qui durait depuis dix années, et qu'il déclarait infructueuse. L'empereur et surtout les Hollandais profitaient seuls des défaites de la France, et l'Angleterre succombait sous d'inutiles victoires. Swift racontait l'histoire d'un duc qui, jouant à un jeu de hasard, entassait devant lui des monceaux d'or, et tout entier au jeu, n'apercevait pas derrière lui un voleur qui, passant la main sous son bras, faisait tomber l'or dans son chapeau. Tout le monde voyait cet homme et le prenait pour le domestique du duc. Quand le jeu fut terminé on le félicitait de son gain : « J'ai cru beaucoup gagner, dit-il, mais je

(1) The conduct of the allies.

vois que c'est peu de chose. » On l'avertit que son domestique avait emporté le reste, et il comprit qu'il était volé. Voilà ce que Swift voulut faire comprendre au peuple anglais pendant qu'Harley devenu lord Oxford (1711), Saint-Jean devenu lord Bolingbroke (1712), conduisaient, à travers mille obstacles, ces négociations difficiles qui aboutirent, en avril 1713, au traité d'Utrecht. On sait que le traité à peine conclu fut attaqué avec violence; Swift qui l'avait facilité, eut encore à le défendre. Au pamphlet de Steele, la *Crise* (1), il opposa cet *Esprit Public des Whigs* (2), qui offensa les lords écossais. Pendant que la Chambre des communes excluait Steele, pour avoir publié la *Crise*, les lords écossais obligèrent le ministère à offrir 300 livres au dénonciateur de l'*Esprit Public des Whigs*. Nul n'ignorait que le pamphlet était de Swift, mais il ne fut ni dénoncé ni poursuivi.

Cependant ce traité laborieusement achevé, accrut les divisions aussi bien que la confiance des Tories. Maintenir l'union parmi les membres de ce ministère, qui n'étaient pas tous également fidèles à l'acte de la succession à la couronne, était l'une des tâches les plus actives de Swift. Déjà dans son *Avis aux membres du club d'octobre* (3) Swift avait tenté de modérer l'emportement de cette fraction des Tories qui, en abusant de sa victoire, eût prématurément alarmé la nation et ébranlé le ministère. L'année 1714 vit éclater ces divisions, et la partie extrême du ministère en exclut les modérés. Bolingbroke et le duc d'Ormond se virent tout puissants. Lord Oxford succomba. Presque aussitôt la reine Anne mourut le 1er août 1714, et tout chan-

(1) The crisis.

(2) Public spirit of the whigs.

(3) Some advice to the members of the october club.

gea de face. Le parti Whig revint au pouvoir avec la maison de Hanovre. L'ancien ministère fut accusé de trahison. Ormond, Bolingbroke, justifièrent l'accusation par leur fuite et par leur réunion avec le prétendant ; tandis que lord Oxford, moins coupable, attendait son procès à la tour de Londres. Il l'attendit jusqu'en 1717. L'apaisement de la colère publique, et une contestation, habilement soulevée par un de ses amis entre les deux chambres, le firent acquitter par la Chambre des lords.

La carrière politique de Swift était terminée, mais il rapportait de cette époque agitée de sa vie une conquête qui eût pu le satisfaire, s'il n'avait sans cesse désiré et souvent espéré davantage. En 1711, Harley, ravi du succès de l'*Examiner*, avait envoyé à Swift un billet de banque (1). Swift avait renvoyé avec indignation un aussi indigne paiement de ses services. Se mettre humblement à la solde du ministère, c'était renoncer à profiter d'une façon plus utile et plus durable de sa victoire. Swift voulait un évêché, et les ministres épuisèrent vainement leur influence pour faire un évêque de l'auteur du *Conte du Tonneau*. Aux représentations de l'archevêque d'York et aux scrupules de la reine se joignait contre Swift l'influence de la duchesse de Somerset qui, aimée de la reine et alliée aux Whigs, s'était attirée de Swift les sanglantes attaques de la *Prophétie de Windsor* (2), où elle était accusée d'avoir les cheveux rouges et d'avoir fait assassiner son mari. Les larmes de la duchesse l'emportèrent sur les instances des ministres, qui n'osèrent exiger de la reine le sacrifice de ses scrupules.

(1) A bank-bill.

(2) The Windsor prophecy. — They assassine when young and poison when old. — Root out these Carrots...

Jamais d'ailleurs, ministère n'eut moins d'influence sur le souverain que cette administration Tory qui, à force d'avoir accusé les Whigs, d'enchaîner la volonté royale, se trouvait à son tour les mains liées devant les caprices de la reine. Elle tournait contre eux leurs principes, et faillit plusieurs fois faire échouer l'œuvre difficile de la paix, en favorisant les partisans de la guerre. Le 7 décembre 1711, après avoir assisté à une séance de la Chambre des lords, où le duc de Somerset avait parlé contre le ministère et contre la paix, elle refusa le bras du lord-chambellan pour prendre le sien. Les Whigs triomphèrent et les ministres se crurent perdus jusqu'au 29 décembre, où la reine rendue à leur influence, créa 12 nouveaux pairs partisans de la paix. On sent combien des ministres, si peu maîtres de la reine sur les questions générales, étaient impuissants sur les questions de personnes. Swift, lui-même, dans l'*Examiner* du 14 décembre 1710, accusant les Whigs d'asservir la reine, avait écrit : « Voici leur langage habituel : Madame, je ne puis vous servir, si un tel est employé. — Je désire humblement donner ma démission, si un tel reste secrétaire d'État. — Je ne puis répondre que la cité prête de l'argent au gouvernement (1), à moins que mylord un tel ne soit président du conseil, etc... Voilà le langage que, pendant les dernières années, les sujets tenaient à leur prince..... Cette façon de faire capituler le souverain, était déjà répandue de telle sorte que le moindre serviteur commençait à lever la tête et à prendre de l'importance. Il lui fallait un régiment ; son fils de-

(1) That the city will lend money, unless...... (*Examiner*, n° 20).

vait être fait major, son frère percepteur; autrement il menaçait de voter selon sa conscience (1). »

En refusant d'imposer à la reine l'élévation de Swift à l'épiscopat, les ministres devaient donc lui paraître excusables; mais il ne les excusa pas, et en 1713, après la conclusion de la paix d'Utrecht, voyant trois doyennés vacants, remplis sans qu'il fût question de lui, il menaça les ministres de son départ. Le 23 avril 1713, il fut nommé au doyenné de Saint-Patrick, qui rapportait près de 1000 l. (25,000). La séparation d'Oxford et de Bolingbroke ne l'empêcha pas l'année suivante de rester fidèle à ses deux amis. Il priait Oxford d'obtenir pour lui une gratification de 1000 l. pour ses frais d'installation; Oxford, toujours lent, tomba avant de l'avoir obtenue; Swift s'adressa à Bolingbroke qui, pendant sa courte domination, obtint cette faveur lucrative. Mais la mort de la reine et la fuite du ministre rendirent inutile la persévérante activité du doyen.

Swift se retrouva donc dans cette « terre d'exil, » et bien qne sa condition y fût très-supportable, la perte de toule influence politique, la nécessité de renoncer à toute ambition, l'éloignement offensant que lui montrait la population protestante, animée contre les Tories et contre les Stuarts, rendirent très-pénibles les premiers moments de sa chute. Il réfléchit amèrement sur sa destinée et comprit que son génie avait nui à sa fortune. On ne peut lire sans émotion ce court *Essai sur la destinée des gens d'église* (2), où il montre, avec tant d'esprit et tant d'amer-

(1) He expected a regiment or his son must be a major; or his brother a collector; else he threatened to vote according to his conscience (id-id).

(2) An Essay on the fates of clergymen.

tume, le succès assuré de la médiocrité servile et universellement bienveillante de Corusodes et l'abaissement d'Eugenio, opprimé par son talent. Il voulut renoncer à tout effort d'esprit et s'accoutumer à son sort : « Je ne lis et je n'écris que des bagatelles, écrivait-il à Gay ; le cheval, le sommeil et la promenade me prennent dix-huit heures sur vingt-quatre. »

D'autres soucis l'assaillaient en Irlande, et son cœur, sa conscience, son honneur y subissaient de perpétuelles épreuves. Il revenait auprès de Stella, la pensée remplie d'une autre femme, de Miss Vanhomrigh, qui eut à souffrir tout ce que Stella avait souffert, mais qui en souffrit moins longtemps. C'est en 1710, que Swift connut à Londres Madame Vanhomrigh, veuve d'un marchand d'Amsterdam, et dirigea les études de l'aînée de ses deux filles. Le charme qui avait entraîné Stella vers son maître, agit avec autant de force sur l'esprit élevé, sur le cœur aimant de Miss Vanhomrigh. Au commencement de 1712, elle avoua son amour à Swift et lui offrit sa main. Il n'est pas douteux que Swift l'aimait ; mais rompre avec Stella et épouser Miss Vanhomrigh, était au-dessus de ses forces; il voyait aussi dans cette action la ruine de sa réputation, et une prise offerte aux sévères jugements du monde. Dans ce poème de *Cadenus et Vanessa*, plein de tristes beautés, où il exhorte Vanessa à une sorte d'amour platonique, lui offrant, dit-il, « un perpétuel délice d'esprit, appuyé sur la vertu, plus durable que les séductions de l'amour, et qui échauffe sans brûler ; » dans ce poème où l'on a pu voir un aveu d'intimité à travers ce passage équivoque : « Mais quel succès Vanessa a-t-elle remporté ? est-elle restée, pour plaire à son adorateur, dans ces hautes régions romanesques, ou descend-il pour elle à agir avec une fin moins séraphique, ou pour tout concilier, associent-ils les livres et l'amour ? On ne le dira jamais au genre humain, et la muse qui le sait ne le dévoilera pas; » dans ce poème, il donne à l'infortunée Vanessa, à défaut de la plus forte raison qui lui fasse refuser sa main (son engagement avec Stella), cette autre raison puissante aussi sur son esprit : « Que dira le monde ?.. La ville jurera qu'il a trompé par des paroles magiques la jeune fille sans défense; tous les fats en riront, et diront que les savants ne valent pas mieux que les autres hommes......... Quel soin paternel de cette jeune fille; cinq mille guinées dans sa bourse, le docteur aurait pu imaginer pis (1). »

En 1714, la mère de Miss Vanhomrigh mourut; elle accourut en Irlande avec sa sœur, et le supplice mérité de Swift commença. Il n'eut jamais le courage de lui enlever tout espoir, et la désespéra lentement par une froideur inexplicable pour elle, par les brusques changements de son humeur. Il restait souvent longtemps sans aller la voir, et les lettres de Vanessa nous apprennent combien ses visites étaient souvent cruelles : « Je vous prie de me voir et de me parler avec douceur, car vous ne condamneriez personne à souffrir ce que j'endure; puissiez-vous seulement le savoir. Je vous écris cela parce que je ne pourrais vous le dire si je vous voyais; car lorsque je commence à me plaindre, vous vous fâchez, et il y a alors dans vos regards quelque chose de terrible qui m'impose silence. » De son côté, Stella, se sentant une rivale sans la connaître, se mourait, et en 1716, Swift, vaincu par sa douleur, l'épousa secrètement. Sans oser avouer cette union à Vanessa, il se conduisit de telle sorte avec elle,

(1) Five thousand guineas in her purse.
The doctor might have fancied worse.

qu'elle se retira à Cellbridge, près de Dublin, toujours aimante, toujours effrayée et accablée de la conduite de Swift. Elle lui écrivait en 1720 : « Dix mortelles semaines se sont écoulées depuis que je vous ai vu, et pas une lettre.... Vous voulez à force de rigueur me détacher de vous.... Je vous conjure par Dieu même, de me dire ce qui a pu causer l'extrême changement que je trouve en vous. » Cependant elle eut encore à Cellbridge quelques jours heureux. On montrait, longtemps après cette funeste histoire, le berceau entouré de fleurs, et rafraîchi par un ruisseau, où Swift et Vanessa venaient souvent s'asseoir avec des livres et passaient de longues heures, toujours trop courtes pour l'amante délaissée. Swift l'encourageait dans ses lettres à vivre au jour le jour, et à ne rien désirer au-delà du présent. « Les sages de tous les temps (5 juillet 1721) ont pensé que la meilleure méthode est de prendre les minutes comme elles volent, et de faire un plaisir de toute action innocente.... Écrivez-moi gaîment, sans plaintes et sans prières ; autrement Cadenus le saura et vous punira. » Un an plus tard (13 juillet 1722), il écrivait : « Montez à cheval, faites-vous suivre de deux domestiques, et allez voir vos voisins, les plus petits de préférence ; il y a du plaisir à être respecté, et vous le pouvez toujours par votre esprit et votre fortune. La meilleure méthode que je connaisse en cette vie, est de prendre son café quand on peut, et de s'en passer gaîment quand on ne le peut pas ; tant que vous aurez le spleen, vous pouvez être sûre que je vous prêcherai. » Il n'eut pas à lui faire longtemps ces injustes et inutiles reproches. Avant la fin de cette année même, Vanessa, qui avait perdu sa sœur et qui était livrée, sans consolation, au sentiment de son abandon, se décida à chercher le véritable secret de la conduite de Swift. Elle écrivit à Stella et lui demanda la vérité. Celle-ci répondit à son infortunée rivale qu'elle était la femme de Swift, et elle envoya à ce dernier la lettre de Vanessa, en quittant Dublin. Aussitôt Swift partit avec cette lettre pour Cellbridge, entra chez Vanessa, jeta cette lettre sur la table, et sortit sans lui dire un seul mot. Il ne revit plus celle qu'il avait frappée de ce coup mortel. Trois semaines après, elle mourait, révoquant le testament qu'elle avait fait en faveur de Swift, et léguant une partie de sa fortune au docteur Berkeley. Swift alla errer deux mois dans le sud de l'Irlande, laissant ses amis dans l'inquiétude, et revint à Dublin, où de nouvelles luttes politiques et des efforts suprêmes d'ambition devaient effacer pour un temps de son esprit l'image vengeresse de Vanessa.

L'accablement où Swift avait langui pendant les premières années de son exil en Irlande, ne pouvait durer toujours. L'état déplorable de ce pays, l'oppression politique et industrielle de ces populations misérables, l'indignèrent et lui offrirent une nouvelle occasion de jouer un grand rôle dans le monde. Dès 1720, son court pamphlet exhortant l'Irlande à ne consommer que ses produits manufacturiers, à l'exclusion de ceux de l'Angleterre (1), avait excité l'esprit public et éveillé les inquiétudes de l'administration anglaise. Swift affirmait que l'état des Irlandais « était devenu pire que celui des paysans de France, des serfs d'Allemagne et de Pologne. » « Quiconque, disait-il, voyage dans ce pays et y considère l'aspect de la nature, l'aspect, l'extérieur et les habitations des hommes, ne se croira pas dans une contrée où la loi, la religion, où la plus vulgaire humanité soient respectées. » L'imprimeur de cet écrit fut accusé. Whitshed,

(1) A proposal for the universal use of Irish manufacture.

chief-justice, retint le jury 11 heures et le renvoya 9 fois dans le lieu de ses délibérations, sans obtenir la condamnation désirée. On désespéra de l'accusation, et la poursuite fut abandonnée.

Swift connaissait maintenant l'Irlande et savait quel point d'appui on pouvait trouver dans ses souffrances et dans ses passions. Quatre ans après cette tentative, il saisissait avec une audace inouïe et un art admirable l'occasion de la soulever tout entière. La monnaie de cuivre faisait défaut en Irlande et le petit commerce s'y faisait difficilement; les ouvriers y étaient payés en *bons* représentant des fractions du shelling et échangeables. Parmi les diverses offres faites au gouvernement Anglais, celle de William Wood, déjà fermier de toutes les mines de la couronne, parut la plus avantageuse. Une patente lui fut accordée pour frapper 108,000 livres st. de monnaie de cuivre et pour les écouler en Irlande dans l'espace de 14 ans. Il était aisé de rendre difficile l'exécution d'une mesure si simple et si nécessaire. La jalousie du Parlement d'Irlande, qui n'avait pas été consulté, la défiance naturelle des populations pour toute monnaie nouvelle et surtout pour une monnaie venant d'Angleterre, offraient les éléments d'une résistance que le talent pouvait rendre insurmontable. Les deux Chambres du Parlement d'Irlande avaient commencé contre cette mesure une opposition peu redoutable en elle-même; grâce à Swift, elle allait devenir invincible.

Avec sa merveilleuse facilité à prendre tous les rôles et à les jouer au naturel, Swift se fit drapier (1) pour être mieux entendu des commerçants et du peuple, et jamais

(1) En anglais *Draper*, mais Swift écrivait *Drapier*. — *The Drapier's letters*.

la crédulité populaire, la peur, l'intérêt n'ont été mis en œuvre avec plus de chaleur et d'habileté que dans ces célèbres *Lettres*. « Ce que je vais vous dire est, après votre devoir envers Dieu et le soin de votre salut, du plus grand intérêt pour vous et pour vos enfants ; votre pain, votre habillement, toutes les nécessités de la vie en dépendent. Je vous supplie donc comme hommes, comme chrétiens, comme pères, comme amis de votre pays, de lire cette feuille, avec la plus grande attention, ou de vous la faire lire par d'autres ; et afin que vous le puissiez faire à moins de frais, j'ai ordonné à l'imprimeur de le vendre au plus bas prix. » Après ce début admirable, il transforme audacieusement Wood en un aventurier, et déclare que la valeur intrinsèque de sa monnaie ne vaut pas un huitième de sa valeur nominale. Il affirme encore que Wood dépassera l'émission fixée par sa patente, qu'il remplacera tout l'or et tout l'argent de l'Irlande par sa fausse monnaie. Mais Wood est appuyé par les Anglais, il veut imposer cette monnaie ; il la fera donner en solde à l'armée et alors il croira son affaire faite « et ce sera pour vous, dit Swift, une grande difficulté, car le soldat ira offrir cette monnaie au marché et au cabaret, et si on la refuse, il menacera de tout ravager, de battre le boucher et la cabaretière, et prendra les marchandises en vous jetant la pièce fausse. Voici alors ce qu'il suffira de faire. Que le boutiquier, que le marchand de comestibles, que tout autre commerçant demande dix fois la valeur de sa marchandise, si on veut le payer en monnaie de Wood. Par exemple, 20 deniers pour un quart d'ale (au lieu de 2) (1), etc.... Pour moi qui ai une bonne boutique pleine de drap, j'échangerai

(1) For example 20 d. of that money fort a quart of ale and so in all things else.

avec mes voisins marchandises pour marchandises, plutôt que de prendre le mauvais cuivre de M. Wood.... Nos mendiants même seront ruinés par son projet ; leur donner un demi-penny, cela apaise leur soif ou les aide à remplir leur ventre, mais leur donner un demi-penny qui vaut le 12e d'un demi-penny, c'est comme si j'ôtais trois épingles de ma manche pour les leur donner.... En un mot, ce demi-penny c'est « la chose maudite » que selon l'Écriture « il est interdit aux enfants d'Israël de toucher. »

Encouragé par le succès de cette première lettre, il est plus hardi dans la seconde. Mais la monnaie de Wood a été essayée, disait-on. « J'ai entendu parler d'un homme, dit Swift, qui, voulant vendre sa maison, portait un morceau de brique dans sa poche et le montrait comme échantillon pour encourager les acheteurs. » Mais, disait-on encore, la monnaie de Wood ne passe que comme appoint; on ne peut en offrir plus de 5 deniers 1/2 à la fois (1). « Bon Dieu, s'écrie Swift, quels sont les conseillers de ce misérable ! que sont ses soutiens, ses complices, ses excitateurs, ses associés? M. Wood m'obligerait à recevoir 5 deniers 1/2 de son cuivre dans chaque paiement; et moi je brûlerai la cervelle à M. Wood et à ses agents comme à des voleurs de grands chemins s'ils osent m'obliger à recevoir un liard de leur monnaie sur un paiement de 100 liv. (2). Il n'y a point de dommage pour l'honneur à se soumettre à un lion ; mais quel est l'être à figure humaine qui se laissera manger vivant par un rat? Cet homme a mis une taxe de 17 sh. par livre, sur le peuple d'Irlande ; une taxe

(1) La pièce de six pence est en argent.

(2) I will shoot Mr Wood and his deputies through the head like highwaymen or housebreakers if they dare to force one farthing of their coin on me in the payment of 100 l.

4

qui frappe non-seulement les terres, mais l'intérêt de l'argent, les marchandises, les manufactures, le salaire des manœuvres, des domestiques.... Boutiquiers, prenez garde à vous (1). Si le fameux Hampden aima mieux aller en prison que de payer quelques shellings au roi Charles Ier sans l'autorisation du Parlement, j'aime mieux être pendu que de payer sur tout mon bien une taxe de 17 s. par liv. selon le bon plaisir du vénérable M. Wood. »

Que pouvait la raison contre ces éloquents mensonges? En vain le gouvernement fit-il publier l'excellent *rapport des Lords du conseil privé* sur l'affaire de Wood (2), réfutation plus que suffisante des *Lettres du Drapier*. On avait, disait ce rapport, engagé le Parlement d'Irlande et en général les opposants au privilége de Wood, à porter devant le comité leurs arguments et leurs griefs. Après l'universelle clameur de l'Irlande, personne n'avait osé comparaître pour une pareille cause, quoique le gouvernement offrît les frais du voyage et les indemnités des témoins. Devant ce silence, le comité fit son enquête. L'essai de la monnaie déjà frappé fut largement fait par sir Isaac Newton, sir Southwell et J. Scrope: l'épreuve avait été décisive et le contrôle devait être permanent; la monnaie de Wood était plutôt supérieure qu'inférieure à la monnaie anglaise et aux stipulations de sa patente, que Newton avait rédigée. Le droit du gouvernement d'assurer l'exactitude d'un contrat fait selon la loi était parfaitement établi; et cependant, avec une sagesse vraiment anglaise, le conseil privé, considérant que Wood n'avait encore frappé que 17,000 liv.

(1) Shopkeepers look to yourselves.

(2) The report of the committee of the lords of his Majesty's most honourable privy council, in relation to Mr Wood's halfpence and farthings.

de sa monnaie, et n'avait encore préparé du cuivre que pour 23.000 liv. proposait de limiter l'émission de cette monnaie à 40,000 liv., et cette concession une fois faite, d'assurer l'exécution de la loi. Cela même allait être impossible.

Swift, dans une troisième lettre, excita l'indignation de la noblesse d'Irlande contre le ton dominateur du conseil privé : « Appeler *clameur* (1) les adresses des deux Chambres du Parlement d'Irlande ; si l'on parlait dans ce style au Parlement d'Angleterre, je voudrais savoir combien de mises en accusations en seraient la suite. » Sans s'inquiéter de répondre au conseil, Swift continue d'affirmer, sur l'autorité « d'une personne très-habile, » que la monnaie de Wood est de mauvais aloi, et à déplorer l'asservissement de la nation livrée à un voleur. « Il est inutile d'argumenter plus longtemps. Sa Majesté, selon la loi, à laissé le champ libre à Wood et au royaume d'Irlande. Wood peut offrir sa monnaie, et nous avons pour la refuser, la loi, la raison, la liberté et la nécessité. Je sens bien que la tâche que j'ai entreprise demanderait une meilleure plume, mais quand une maison est attaquée par des voleurs, il arrive souvent que c'est le plus faible de la famille qui court le premier fermer et soutenir la porte.... Hors d'état de porter l'armure de Saül, j'aime mieux attaquer ce Philistin incirconcis (2), ce Wood, avec ma pierre et ma fronde,... ce Goliath qui était, comme M. Wood, tout couvert de bronze et défiait les armées du Dieu vivant. Les conditions de Goliath pour son combat sont celles que nous fait M. Wood : « S'il nous vainc, nous serons tous ses serviteurs. » Mais s'il arrive que je triomphe de lui, je renonce

(1) A universal clamour.

(2) This uncircumcised Philistine.

à l'avantage que me fait cette condition ; il ne sera jamais mon serviteur ; je ne crois pas bon de lui confier la boutique d'aucun honnête homme. »

Cependant le gouvernement anglais persistait. Le duc de Grafton fut remplacé dans le gouvernement de l'Irlande par lord Carteret, muni d'instructions plus sévères. La quatrième lettre du drapier élevait le débat jusqu'aux proportions d'une lutte entre l'Irlande et l'Angleterre, limitait le pouvoir royal, prêtait à Wood l'odieuse vanterie de réduire les Irlandais à « manger leurs sabots (1), » et absolvait Walpole de toute complicité, par ce paragraphe à double entente : « Je démontre au-delà de toute contradiction que M. Walpole est contre le projet Wood et ami de l'Irlande par cet unique et invincible argument. L'opinion universelle est que c'est un homme sage, un ministre habile, cherchant le véritable intérêt du roi dans toutes ses actions, au-dessus de toute corruption par son intégrité, et de toute tentation par sa fortune. » Exclu de la Chambre des communes le 17 juin 1711, pour concussion notoire dans l'administration de la guerre, rentré en 1713 dans la vie publique, devenu le chef du gouvernement de George Ier, diffamant ceux qu'il ne pouvait pas acheter en les faisant passer pour vendus, Walpole supporta impatiemment le cruel éloge de Swift. 300 livres furent inutilement offertes par une proclamation au dénonciateur de l'auteur de la quatrième lettre du drapier, parfaitement connu de tout le monde. Il fallut se contenter de poursuivre l'imprimeur, et Swift vint lui-même reprocher à Carteret cette poursuite contre un honnête

(1) That we must either take those halfpence or eat our brogues.

commerçant, ami de son pays, lui demandant s'il espérait une statue de *cuivre* pour ce service rendu à Wood (1) :

> Res duræ et regni novitas me talia cogunt
> Moliri....

répondit spirituellement Carteret. Non-seulement le grand-jury refusa de mettre l'imprimeur en accusation, mais il rédigea une violente remontrance contre le projet de Wood. Le gouvernement se sentit vaincu, résilia le contrat conclu avec Wood, lui paya une indemnité considérable. Swift avait fait reculer de 13 années l'émission indispensable d'une monnaie de cuivre en Irlande, mais il était apparu de nouveau sur la scène, plus important et plus redouté que jamais.

En 1726, il alla jouir de son triomphe à Londres et eut avec Walpole une entrevue qui fit croire à un marché entre l'homme d'Etat et l'écrivain qui venait de prouver ce que valait son influence. Malgré la bienveillance affectée de sir Walpole et l'éloge compromettant qu'il faisait de Swift dans le monde, celui-ci ne devenant pas évêque et ne pouvant même réussir à échanger son doyenné de Saint-Patrick contre une position équivalente en Angleterre, donna peu de prise à cette accusation. En même temps, Swift noua des relations étroites et entretint de grandes espérances du côté du futur roi d'Angleterre. Le prince de Galles, sa femme Caroline, sa favorite Miss Howard, attirèrent Swift dans leur petite cour et lui firent un accueil qui semblait devoir réparer toutes les déceptions antérieures du doyen de Saint-Patrick. Mais au milieu de ces succès et de ces familiarités royales, Swift fut rappelé

(1) En français *bois*.

en Irlande par les plus tristes nouvelles de la santé de Stella. Elle approchait de sa fin et ne voulait pas mourir loin de lui ; elle espérait mourir publiquement sa femme. Swift revint en Irlande au mois d'août 1726, et y fut reçu avec plus d'acclamations et d'honneurs que n'en eût obtenu le souverain. Au commencement du mois de novembre, Gulliver éclatait à Londres (1).

« Il y a environ dix jours, écrivait Gay à Swift, le 17 novembre 1726, fut publié ici un livre sur les voyages d'un certain Gulliver, qui depuis fait l'entretien de toute la ville ; toute l'édition fut vendue en une semaine, et rien n'est plus divertissant que d'entendre les opinions différentes de tout le monde sur ce livre, que tout le monde cependant s'accorde à goûter au dernier point. On dit généralement que vous en êtes l'auteur, mais le libraire déclare qu'il ne sait pas de quelle main il l'a reçu. Du haut en bas de la société, tout le monde le lit, du cabinet des ministres jusqu'à la chambre de la nourrice. Vous voyez qu'on ne vous fait pas injure en vous l'attribuant. S'il est de vous, vous avez désobligé deux ou trois de vos meilleurs amis, en ne leur donnant pas le moindre soupçon. Peut-être que, pendant tout ce temps, je vous parle d'un livre que vous n'avez jamais vu, et qui n'a pas encore touché l'Irlande. S'il en est ainsi, je crois que ce que j'en ai dit suffit pour vous donner l'envie de le lire et que vous me prierez de vous l'envoyer... »

« .... Gulliver ira aussi loin que John Bunyan, » lui écrivait Arbuthnot. Pope félicitait Swift sans détour : « Je prédis, écrivait-il, que ce livre fera désormais l'admiration

(1) Travels into several remote nations of the world by Lemuel Gulliver, first a surgeon and then a captain of several ships, in four parts.

de tous les hommes. » Swift, lui-même, avait le sentiment de la grandeur de son œuvre, lorsqu'au mois d'août 1727, répondant à une lettre où l'abbé Desfontaines s'excusait d'avoir altéré Gulliver pour le rapprocher du goût de la France, il écrivait au timide traducteur : « Si les livres du sieur Gulliver ne sont calculés que pour les îles britanniques, ce voyageur doit passer pour un très-pitoyable écrivain. Les mêmes vices et les mêmes folies règnent partout ; du moins dans tous les pays civilisés d'Europe ; et l'auteur qui n'écrit que pour une ville, une province, un royaume ou même un siècle, mérite si peu d'être traduit qu'il ne mérite pas d'être lu. Les partisans de ce Gulliver, qui ne laissent pas que d'être en fort grand nombre chez nous, soutiennent que son livre durera autant que notre langue, parce qu'il ne tire pas son mérite de certaines modes ou manières de penser et de dire, mais d'une suite d'observations sur les imperfections, les folies et les vices de l'homme »

C'est à l'homme, en effet, qu'en veut Gulliver et à tout ce que l'on voit de plus excellent en lui-même et dans le monde où il domine. La politique, rabaissée dans le voyage de Lilliput aux débats d'une fourmilière, disparaît devant la calme sagesse des habitants de Brobdingnag et de ce roi philosophe qui, prenant dans sa main et caressant doucement le panégyriste éloquent des institutions et des mœurs de l'Angleterre, lui dit, sans émotion, que d'après ses propres peintures, « la plupart de ses compatriotes sont la plus pernicieuse vermine à qui la nature ait jamais permis de ramper sur la surface de la terre. » Laputa est le théâtre décourageant et ridicule de nos sciences, de nos inventions, de nos efforts pour rendre le séjour de la terre plus supportable, et abaisse les plus nobles occupations de l'esprit humain. Mais l'île des

Houyhnhnms est l'abîme où l'humanité s'engloutit tout entière ; les arts, les lois, les mœurs, la religion, la raison même, tout succombe ; la beauté s'avilit, l'amour fait horreur, et après cette universelle dégradation de tout ce qui peut occuper, charmer, élever l'homme sur la terre, on n'est plus surpris de voir le voyageur qui est rejeté parmi le genre humain, au sortir d'une telle épreuve, se voiler la face et refuser de voir des hommes.

L'art profond de Swift, pour prendre et soutenir un personnage, apparaît ici consommé et arrivé à sa dernière perfection. L'astrologue Bickerstaff, qui, en 1708, prédisait comme « une bagatelle (1) » la mort de son rival Partridge, et soutenait, au point d'embarrasser le vivant lui-même, que sa prédiction s'était accomplie ; le valet-secrétaire de Prior, qui, en 1713, racontait avec tant de naturel le voyage de Prior en France et ses entretiens avec Madame de Maintenon (2) ; le drapier, enfin, qui voulait échanger marchandises contre marchandises et qui n'eût pas voulu de Wood pour garçon de boutique : tous ces

(1) My first prediction is a trifle, yet I will mention it to show how ignorant those sottish pretenders to astrology are in their own concerns; it relates to Pardridge the almanack-maker. I have consulted the star of his nativity by my own rules and find he will infallibly die upon the 29th of march next, about eleven at night of a raging fever; therefore I advise him to consider of it and settle his affairs in time. (Predictions for the year 1708). — Et peu après il publia : The accomplishment of the first of Mr Bickerstaff's predictions, being an account of the death of Mr Partridge the almanack-maker, etc...

(2) A new journey to Paris, together with some secret transactions between the french king and an English gentleman, by the sieur du Baudrier, translated from the french.

êtres imaginaires, si vivants et si réels, le cèdent encore au parfait naturel et à la véracité ingénue de Gulliver. Le monde où il nous conduit est hors du nôtre, mais c'est un monde animé où nous nous sentons mouvoir et respirer. C'est une autre vie que la nôtre, c'est encore la vie. En un mot, la raison nous défend seule contre des récits auxquels l'imagination se rend sans efforts, et, selon le langage des philosophes, c'est *à priori* que nous refusons d'y croire.

Nos misères mêmes qui sont le fond de ce livre, y sont moins exagérées que séparées de tout ce qui, dans le monde, les atténue au point de les faire parfois oublier. Ce que Lucrèce appelle les *Postscenia vitæ*, voilà le théâtre où Swift nous conduit et nous enferme, et la vue prolongée de cette moitié de la réalité nous remplit d'horreur et de pitié sur nous-mêmes. C'est en ce sens qu'une de ces filles-d'honneur, si maltraitées par Swift, se plaignant de cet avilissement de la femme et de l'amour, a pu dire « qu'il était impie de déprécier ainsi les œuvres du Créateur. »

Swift revint en Angleterre en 1727. Toujours désireux de s'y établir et d'échanger son doyenné, il avait cependant rompu ouvertement avec Walpole, qui, traité froidement par le prince de Galles, semblait disgracié d'avance à l'avénement du nouveau souverain. Aussi, lorsque la mort de George Ier (11 juin 1727) fut annoncée à Londres, les amis de Swift l'exhortèrent à y attendre les bienfaits du règne qui commençait. Il avait été question d'une union des Whigs et des Tories contre Walpole; le prince y semblait disposé, et c'est ce que Swift avait indiqué en donnant à l'héritier du trône de Lilliput un talon haut et un bas talon. Mais Walpole fut plus puissant sous George II que sous George Ier. Le roi d'Angleterre, sa femme, sa maîtresse, oublièrent parfaitement le bon accueil que Swift avait reçu du prince de Galles, et ce fut la dernière déception du doyen de saint Patrick. Il avait écrit à Pope en 1726 : « Aller en Angleterre, serait une chose excellente, si elle n'était toujours accompagnée de cette vilaine circonstance qu'il faut retourner en Irlande. » Il retourna dans cette terre d'exil, en 1727, pour n'en plus sortir.

En 1728, Stella mourut. Les deux récits qui nous sont laissés de sa mort sont tous deux aussi déchirants et aussi accablants l'un que l'autre pour la mémoire de Swift. Que, selon Sheridan, Swift, supplié par cette mourante de la déclarer publiquement sa femme, soit sorti sans rien dire et ne l'ait plus revue, que, selon Madame Whiteaway, il ait fini par céder, et qu'elle ait répondu : « il est trop tard, » Swift n'en reste pas moins chargé de la plus cruelle et de la plus inexplicable conduite.

Cette mort, le livrant tout à fait à lui-même, augmenta sa disposition à la folie et assombrit encore à ses yeux l'aspect des choses humaines. Deux années après, il écrivait ces petits poèmes de la *Toilette d'une Dame* (1), de *Cassinus et Peter*, de *Strephon et Chloé*, qui ne sont qu'un triste développement de ces vers de Lucrèce :

Et miseram tetris se suffit odoribus ipsa
Quam famulæ longe fugitant furtimque cachinnant.

Rien ne serait plus propre que cette tendance de Swift, dans les dernières de ses œuvres, à confirmer l'opinion d'une infirmité naturelle, qui aurait aigri son esprit et qui

(1) The Lady's dressing room.

l'aurait attiré vers les images les plus capables d'émousser ses regrets et de l'en consoler.

Quelques éclairs traversaient encore cette intelligence qui, bientôt, allait complètement s'obscurcir. La famille royale et Walpole furent impitoyablement raillés dans cette *Rhapsodie sur la poésie* (1), qui eut été poursuivie, si les jurisconsultes ne l'eussent jugée inattaquable. La verve de Swift s'épanche encore dans cette brillante satire, écrite sur sa propre mort (2); amer développement de cette maxime de La Rochefoucault : « Dans l'adversité de nos meilleurs amis, nous trouvons toujours quelque chose qui ne nous déplaît pas. » Il met en scène, avec une vivacité admirable, ses amis, ses ennemis, les indifférents parlant sur sa mort, et jamais comédie n'eut plus de vraisemblance ni une plus sombre gaîté. Jusqu'au bout, enfin, il s'indigna des atteintes portées par le Parlement d'Irlande aux intérêts de l'Eglise, et une série de pièces satiriques atteste son inutile ressentiment.

Vers 1736, il se sentit, avec désespoir, survivre à sa raison; il ne la recouvra plus qu'à de rares intervalles. Il se brouillait et se réconciliait sans cesse avec ceux qui l'entouraient, et perdait par degrés, avec le commerce du monde, les consolations qui se tirent de la mémoire et de la pensée. Cette longue agonie, dont ses meilleurs amis souhaitaient la fin, se prolongea jusqu'au 19 octobre 1745. Il consacrait, par son testament, toute sa fortune à la fondation d'un hôpital pour les aliénés et les idiots. Il fut enterré dans la cathédrale de Saint-Patrick, et sur une plaque de marbre noir fut gravée cette inscription qu'il avait lui-même composée :

(1) On poetry, a Rhapsody.

(2) On the death of Dr Swift.

HIC DEPOSITUM EST CORPUS
JONATHAN SWIFT S. T. P.
HUJUS ECCLESIÆ CATHEDRALIS
DECANI
UBI SÆVA INDIGNATIO
ULTERIUS COR LACERARE NEQUIT ;
ABI VIATOR
ET IMITARE SI POTERIS,
STRENUUM PRO VIRILI LIBERTATIS VINDICEM.
OBIIT ANNO (1745)
MENSIS (OCTOBRIS) DIE (19)
ÆTATIS ANNO (78).

Si l'homme ne vivait que pour lui-même, et s'il fallait juger toutes ses actions par le profit qu'il en tire, le passage de Swift en ce monde ne serait qu'une rigueur inutile de la destinée, et ce serait à bon droit qu'il demandait compte au ciel de cette existence, qui avait commencé dans les dégoûts, langui dans les déceptions, et qui devait finir dans les tortures. Et nous ne connaissons qu'une partie de ses épreuves ; nous comptons aisément ce que le neveu négligé de Godwin, ce que l'ami mal récompensé d'Oxford, ce que le courtisan trahi du prince de Galles, a enduré d'humiliations et nourri de ressentiments ; mais nous ne saurons jamais ce qu'a souffert par un juste retour le meurtrier de Vanessa, l'indigne époux de Stella, ni quels fantômes l'ont hanté pendant dix années de folie.

C'est de plus haut qu'il faut juger de telles existences, puisqu'elles laissent des traces qui intéressent le genre humain. Ni la vie de Swift, ni ses douleurs ne nous sont inutiles, car ce n'est que d'un tel homme et que d'une telle vie que *Gulliver* pouvait sortir.

Le monde et la vie humaine peuvent être envisagés de deux façons bien différentes, et il n'est guère d'homme qui ne les ait considérés tour à tour sous deux aspects. Prendre au sérieux le monde et les grandeurs du monde, la vie et les occupations de la vie, la science, la politique, les passions, les plaisirs; se plaire dans cette mêlée, désirer et craindre avec emportement, voilà un des penchants de l'âme humaine, une des habitudes de sa pensée, et le mouvement perpétuel du monde en découle. Mais les maux de la vie, le sentiment de sa brièveté, des échecs irréparables, parfois un penchant naturel de l'âme donnent, pour nous, au monde et à la vie une tout autre figure. Nous n'en voyons plus que les misères, et par une contemplation assidue de l'indignité de l'objet de nos poursuites, nous aspirons à nous en détacher. Qui ne sait alors que nous allons chercher du secours auprès de ceux qui ont éprouvé le même sentiment, et qui l'ont communiqué d'une façon durable au genre humain. Nous nous mettons en quête de ces asiles qui dominent le monde et qui en délivrent :

Edita doctrina sapientum templa serena.

Il en est de plusieurs sortes. Une vue complète de la nature, de ses lois, de son tranquille et immense empire, réduit à leur juste valeur les agitations du monde, sans les avilir, par le seul rapprochement de leur mobile petitesse et de l'ensemble des choses. On s'élève vers un autre de ces asiles par la certitude d'une vie meilleure et infinie, qui réduit celle d'ici-bas à une courte épreuve, indigne de nous intéresser outre mesure, indigne surtout de nous plaire : « Et comment, dit l'*Imitation de Jésus-Christ*, peut-on aimer une vie remplie de tant d'amertumes, sujette à tant de calamités et de misères... Mon âme, repose-toi toujours dans le Seigneur, par-dessus toutes choses et en toutes choses, parce qu'il est le repos éternel des saints (1). » Mais une âme, ulcérée et incapable de ces pensées pacifiques, cherche le détachement du monde dans cet autre asile où on le méprise pour lui-même, sans avoir besoin de contempler, pour l'avilir, quelque chose de plus grand ou de meilleur que lui. Ce mépris, plus complet et plus profond que les autres, puisqu'il enveloppe les idées mêmes qui servent de fondement aux autres, ce mépris amer et désespéré a aussi sa grandeur et son triste repos. C'est lui qui perce par intervalle dans *Candide*, et qui s'y déguise sous tant d'images légères ; il éclate librement dans *Gulliver*, il y a toute sa force ; parce qu'il part d'un cœur déchiré aussi bien que d'un esprit sceptique, parce que ce contempteur de l'humanité doit être compté parmi les plus malheureux des hommes.

(1) Imitation de Jésus-Christ, III. — 20, 21.

FIN.

ORLÉANS. — IMP. COLAS-GARDIN.

www.ingramcontent.com/pod-product-compliance
Ingram Content Group UK Ltd.
Pitfield, Milton Keynes, MK11 3LW, UK
UKHW021650260726
13994UKWH00003B/1388